Para Corrado, bendito sea el día
Cristina

Para Valentino y Francesca
Veronica

Eʟ sᴏʟᴅᴀᴅɪᴛᴏ

Título original: *Il soldatino*

© 2020 Cristina Bellemo (texto)
© 2020 Veronica Ruffato (ilustraciones)

Textos e ilustraciones © ZOOlibri. Reggio Emilia, Italia
Todos los derechos reservados
Primera edición publicada en Italia por ZOOlibri en 2021

Traducción: Pablo Martínez Lozada

D.R. © Editorial Océano, S.L.
Milanesat 21-23, Edificio Océano
08017 Barcelona, España
www.oceano.com

D.R. © Editorial Océano de México, S.A. de C.V.
Guillermo Barroso 17-5, col. Industrial Las Armas
Tlalnepantla de Baz, 54080, Estado de México
www.oceano.mx
www.oceanotravesia.mx

Primera edición: 2021

ISBN: 978-607-557-338-0

Depósito legal: B 5473-2021

33614082791178

IMPRESO EN ESPAÑA/*PRINTED IN SPAIN*

9005405010421

EL SOLDADITO
Cristina Bellemo y Veronica Ruffato

OCEANO travesía

El soldadito tenía el uniforme. Y el fusil sobre el hombro.

Sus fronteras: al norte, la cabeza con su casco.

Al sur, los pies enfundados en sus botas.

Al este, la mano izquierda con una granada.

Al oeste, la mano derecha para disparar.

El soldadito pensaba.
Pensaba un solo pensamiento,
que ocupaba toda su cabeza: la guerra.
Siempre: en verano, de noche, en abril, en Navidad,
a mediodía y el martes.

No había más pensamientos en su cabeza,
que de por sí ya estaba llena.

El soldadito tenía muchas tareas:
marchar atacar apuntar disparar retirarse.
Marchar atacar apuntar disparar retirarse.
Marchar atacar apuntar disparar...

Una noche, el soldadito estaba agotado.
Nevaba.

En el fondo vio polvo de luz.

¡UNA BOMBA!, pensó, y apuntó con el fusil.

Pero caminó en sus botas los pocos pasos que quedaban
y encontró una casa.
Era pequeñita.
El soldadito llamó a la puerta.

Nunca había llamado en su vida.

Sólo derribado puertas.

Para atacar, apuntar, disparar, retirarse.

Atacar, apuntar, disparar...

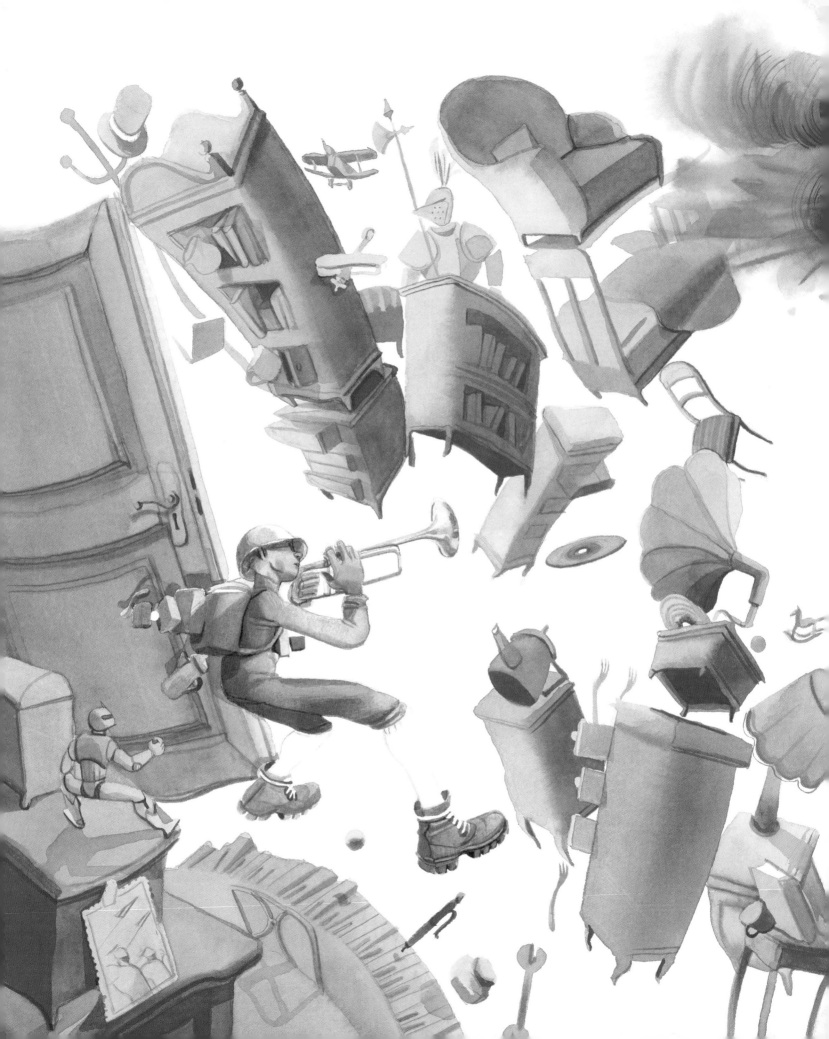

Abrió un hombre.
El soldadito pensó ¡EL ENEMIGO!
Levantó su fusil, pero justo en ese momento
le fallaron las fuerzas.
Para apuntar, disparar.
Apuntar...

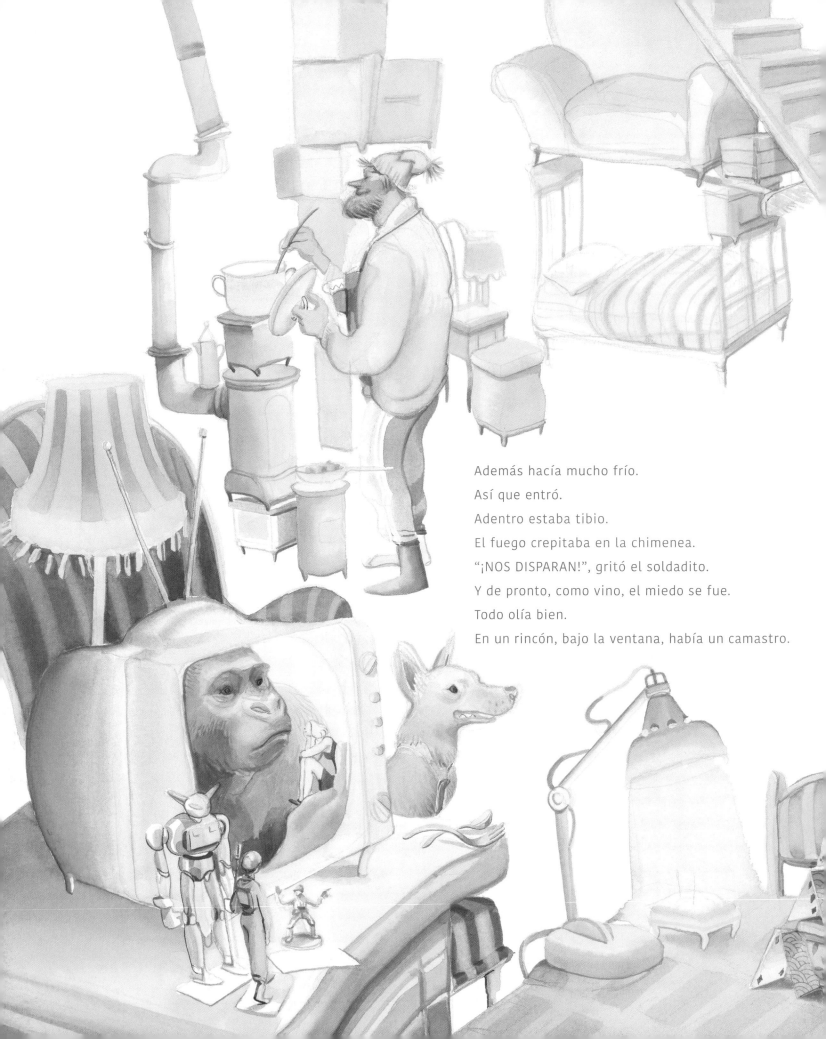

Además hacía mucho frío.

Así que entró.

Adentro estaba tibio.

El fuego crepitaba en la chimenea.

"¡NOS DISPARAN!", gritó el soldadito.

Y de pronto, como vino, el miedo se fue.

Todo olía bien.

En un rincón, bajo la ventana, había un camastro.

El soldadito se quitó el casco.
Y no lo alcanzó ni un trozo de metralla.

El soldadito se quitó las botas.

Y no pisó alambre de púas.

El soldadito puso en el suelo el fusil y la granada.

Y nadie lo atacó.

El soldadito se quitó la casaca del uniforme.
Y nadie lo acusó de desertar.

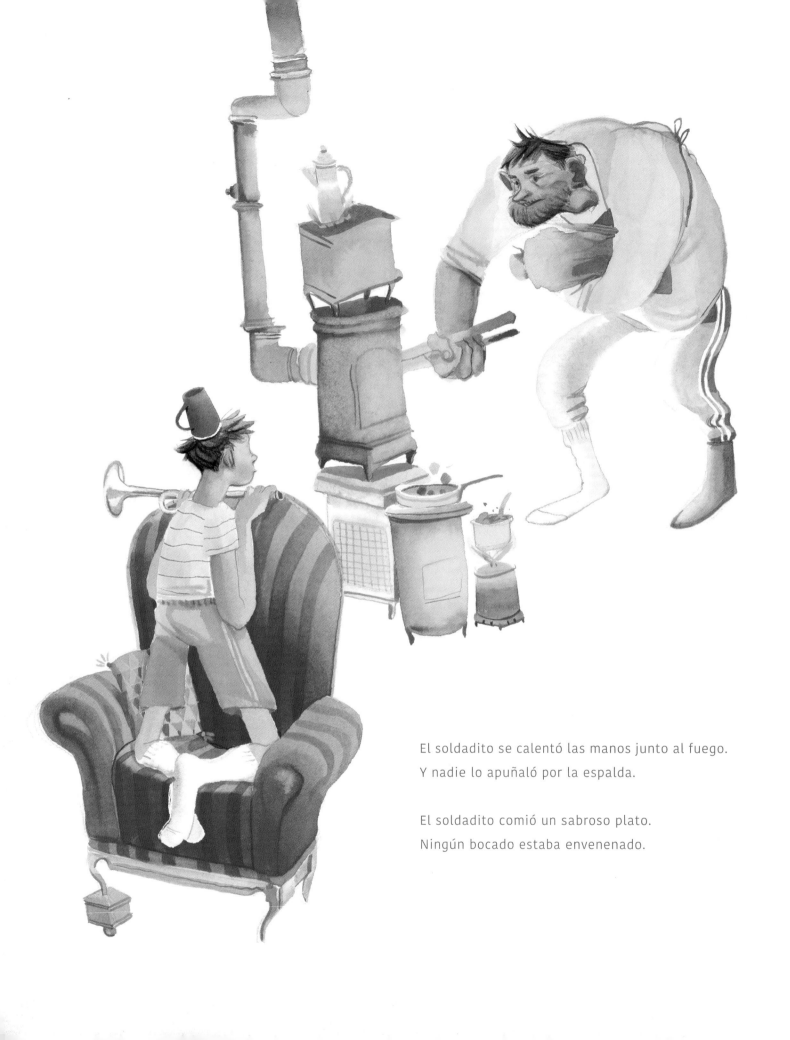

El soldadito se calentó las manos junto al fuego.
Y nadie lo apuñaló por la espalda.

El soldadito comió un sabroso plato.
Ningún bocado estaba envenenado.

El soldadito habló con el hombre.

Ninguna orden terminante. Ninguna denuncia. Ninguna ofensa.

Sólo voces entrelazadas.

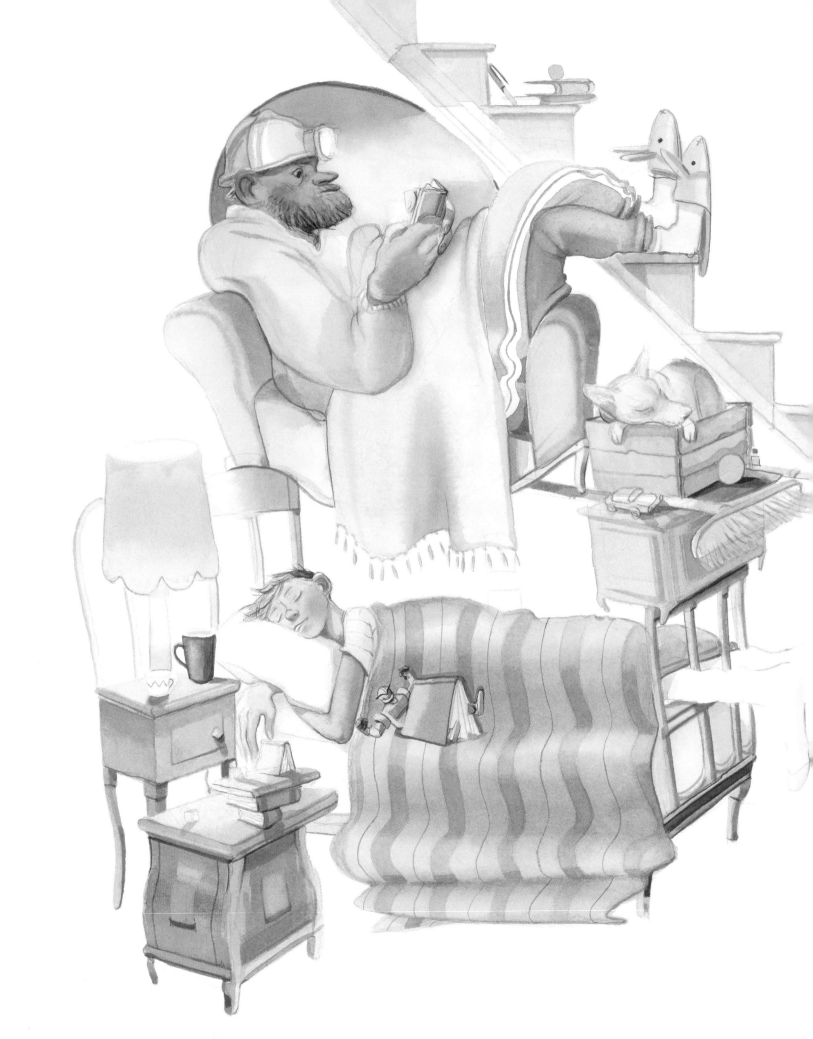

El soldadito se tendió sobre el camastro,
bajo un suave cobertor.

Por primera vez en su vida
el soldadito bajó la guardia.
Dejó de combatir.
Antes de caer dormido, un pensamiento pequeño,
pequeño como esa casa, le vino a la cabeza.
Y por primera vez, no era la guerra.

Y como no era la guerra, el soldadito pensó que era la paz.